청어詩人選 356

빈 배에 달빛 싣고

선광스님 선시집(禪詩集)

빈 배에 달빛 싣고

선광스님 선시집(禪詩集)

서문

———

지금 나는 어디에 있는가?

고향으로 돌아가는 길이 가깝다.

아직 남아있는 한 조각 마음,

죽은 듯이 살다가 흔적 없이 가야지…

오늘도 밥값을 치르지 못하니

빚이 수미산보다 크다.

게다가 쓸데없는 말빚으로

세상의 조롱거리가 된들,

모두 내 탓이다.

지리산 무상암(無相庵)에서

비구 선광(禪光)

차례

제2부   한 조각 구름

제3부　산에 살며

제4부   나고 죽고

제1부

홀로 가는 길

고행상

하늘이 있다
굼벵이는 땅바닥에 기면서도
하늘을 섬긴다

뱃대기가 가려울 때마다
까끌까끌한 흙을 밀어내며
길을 연다

말라 죽어 비틀어진
굼벵이가 지나온 길,

찬란하여 슬프다

풍경

벽오동 가지 아래

이끼 짙은 바윗돌 무심한데

도무지 이름을 부를 수 없는

무명의 꽃들아!

산그늘 아래

한평생 피고지고

산은 산 그대로

물은 물 그대로

허공이 깨지는

적막한 숨소리를 듣는가?

곳곳이 허방이로다

눈 시퍼런 칼날이
내 모가지 댕강 날리네.

히말라야 설산
부처님의 반야검
빛나는 다르마를
마음에 새기고 뼈에다 새기고

해동 방장산에 경의검 두르고,
헛손질에 헛생각만 하다가

무상암 주인,
무상한데 물리지도 않는지

누가 주인공인가?
묻고 또 묻네,
하루 가고 또 하루가 가도록.

오늘

매일 아침 눈뜨면 너를 만나서
해 지고 밤이 오면 너를 보낸다.
사실 너는 변한 게 아무것도 없지만
해와 지구와 달의 놀음에 놀아난 것뿐,
무수한 오늘을 겪고 나면
내일은 언제나 올까?
오늘도 적막을 견디며
네가 떠나는 모습을 망연히 바라본다.

아수라

지옥이 어딘가?
네 입 안으로 오늘도 무수한 중생이 들이치고
네 항문으로 온갖 오물이 무진장하게 쏟아진다.
가히 네 놈의 입은 천하무적,
부끄러움도 없고 주저함도 없구나.
네 그 불굴의 정신으로
내가 아수라가 된다면
맨 처음 부처를 잡아먹을 텐데…

라다크 곰파에서

메마른 고원, 오래된 곰파에서
약간의 기부금을 내고
달포 동안 그곳에 또아리를 틀었으니,

하루 두 끼에 짜이 서너 잔,
알 수 없는 티벳 독경소리에
비몽사몽간,

허연 해골 하나가 춤을 추는구나
그놈과 실컷 실랑이치다가
문득 백일몽을 깨고 보니
어라, 내가 행방불명이라,

한참 찾아도 소식이 없어
딱 한마디 용케도 들이치는 소리,
옴 마니 반메훔!

저 해골이 '나'라니
이놈, 반갑다
얼싸안고 둥실둥실 춤추니,

건너 침상에서 막 독경을 끝낸 늙은 구루
빙긋 웃고 있네.

니까야를 읽고

때도 놓치고

말씀을 들었네.

하늘이 깨지는 소리

땅이 솟아오르는 침묵,

오늘 하루 부처님 밥심으로 다시 일어서는

너는 평생 행자.

홀로 가는 길

늘 혼자가 아닌데
찰나마다 혼자로다.
늘 깨어있지 않는데
찰나마다 깨어있다네.
나는 어디에도 없는데
나는 또 어디에도 상주하노니,
괴롭고 괴로운 길 따라
오늘도 지금 여기, 멈추어 서서
홀로 가노라.

다비장
—하동 쌍계사 고산당을 추모하며

몸 벗어나니 마음은 어찌할까
무심한 저 구름더러 물어보려 해도
아무 말 없길래 고향으로 돌아가네.
출가승이 마지막으로 도착하는 저곳
불구덩이 아가리 속 냉찜질이로다
식어빠진 뼈다귀 한 조각,
굶주린 개가 물고
저녁놀을 핥고 있네.

'무' 자 화두
—법을 설하는 어느 조실에게

옛다! 받아라!
척 벌린 손바닥에 둥근달 가지고 놀더니
월면에 떨어진 떡고물, 주둥이에 잔뜩 묻히고
밥도둑 놈이 앞서가며,
쉿! 묵언정진하렸다!
네 놈들 죄상을 보자니,
아귀지옥도 아깝더라.

다섯 무더기 허공의 꽃

눈에 비치는 게
내가 아니고
내 것도 아니라서,
어디에도 나라는 게 없지.

저 꽃 보아라!
오온은 괴로우니
공함을 안다면
나를 물끄러미 바라보는
나는 도대체 어디에 있는지,

악!

당나귀 법문

멍청이로구나!

아직 발을 내딛지도 않았는데
너는 벌써 도착하였구나!

마음먹은 대로 사해를 돌아다니다가

다리가 셋인 부처님의 당나귀에
거꾸로 걸터앉아,

하루살이 꿈이나 꾸는
너는 도대체 누구냐?

동로점설(冬爐點雪)

주인공아!
평생 기고만장하더니
마침내 개뼈다귀 하나 물고
저승 문턱을 넘어간다.
얼마나 쫄쫄 빨아먹었던지
뼈가 녹아 흐물흐물하구나
부처님 법대로 살다가
겨우 찰나를 살아내도
끝내는 지옥에 떨어지고 말 텐데
오늘 하루도 하루살이,
저 불구덩이로 머릴 처박고 달려드는
중생심이여.

등불 아래서

섣달 그믐날,
등불 켜놓고 헤진 장삼을 꿰맨다.
바늘귀가 너무 작아 실이 잘 들어가지 않아
침을 바르고 등불 더 바짝 당겨놓고
바늘귀에다 실을 가까스로 끼운다.
아, 수행하는 일도 이와 다르지 않지,
혼자 넋두리하며
추운 밤을 보내는데,
처마 끝에 매달린 고드름 떨어지는 소리,
딱!
정수리가 깨지는 찰나,
천의무봉의 장삼이 하늘에 펄럭이네.

어머니 소식

인편에 고향집에 계신 어머니 소식 듣고
오늘밤은 잠 못 이루네
불효가 인천에 넘쳐흘러 지옥불에 떨어져
염왕께서 저 초승달 시퍼렇게 갈아
내 목을 치리니
붉은 피가 넘쳐흘러
사해에 넘치더라도
아직까지 깨달음의 근처에도 가지 못한
미련한 중이므로,
부디, 어머니께서 출가하고 첫 대면하시며
"이제 스님이 되었응께 삼배해야지요"
정성스레 몸소 예경을 갖추시니
수미산을 엎어지고 가도 시원찮을
이 몸의 허물이여,
창 밖에 밤 지새워 우짖는 뻐꾸기 울음소리
속으로 따라 우는 못난 밤이여.

몽유도원도

꿈일레라
속세의 굴레 벗고
번뇌의 늪에서 빠져나오니

마지막 남은 끈질긴 한 놈,
집착하는 이 마음 벗어버릴 수 있다면
모질어야 하리라.

오고 감도 없이
흔적 없이 간다면
천 강에 찍힌 달덩이,

풀어놓는 밤이여,

백골이 눈부시다.

유심(唯心)

서산 마애불은
늘 말없이 웃고 계시네.

지상에 방 한 칸 없는
가난한 산동네 풀잎들도
저녁 노을에 물들고
마음 둘 데 없구나.

다시 가을이 깊어지고 있다.

언제부턴가
내 마음속에 거품 문 게 한 마리
바닷가 개펄에 들어와 살고 있다.

라다크 레의 하늘길

황량한 고원
설산 가까이 숨이 턱턱 막히는
허공 가운데 곰파
군데군데 하얀 초르텐,
구름도 무심하게 흐르는데
구불구불 판공초행 짚차는
아스라이 위태로운 길을 간다
더러는 미래의 오늘,
색즉시공의 길,
순례자는 숨이 턱에 차올라도
성스러운 진언을 암송하며
헤미스 곰파로 향한다.
여기 오면
누구나 하늘길이 된다.

무상암

부처님 한 분,
그리고 무상 김화상을 모시고
토굴살이 십여 년,

이제 지리산 기슭에도 봄이 완연하다.

향꽂이에 쌓인 식은 재를 거름 삼아
번뇌를 날린다.

잠깐,
졸다가 깨어난 저 미소여!

법당 안에 핀 한 송이,

연꽃!

문득

새벽 예불 드리려고

암자 발치 샘가로 내려와 보니

고라니와 멧돼지가 다녀갔구나.

흙탕물 엉망인 채 샘물 흐려놓았으니

아, 오늘 청수를 어찌하랴.

혼잣말로 구시렁거리다가,

아차,

참회하네.

부처님께 어찌 청탁이 있으랴!

바라나시의 걸인

성스러운 갠지스강 가
막바지 물오른 가트에 닿아,
실낱같은 목숨 마지막으로 여미고
불타 죽은 육신의 껍데기들
하류로 흘러간다.
오직 힌두신을 위하여
밤마다 뿌자를 펼치며 성대하게 불을 올린다.
이런 하늘에 빌어먹을 밤,
이승과 저승이 한 몸이다.
한 줄기 강물 따라
미처 태우지 못한 뼈와 살점들,
뒤섞여 흘러 마침내 고향으로 가는데
한세상 거지로 살아
마지막 하루의 적선을 위하여
별은 뜨겁게 강물에
눈물을 흩뿌린다.

벚꽃 아래서

어김없이 봄나들이 오는가
며칠 사이 그윽이 꿈꾸듯 달려와
화개동천에 벚꽃 흐드러지게 피어나서
어느새 계절을 타고 이승을 넘어가네.
꽃비가 눈물겹게 내리니
눈에 들이치는 청산이 좋아라.
아무 뜻도 없이 오가는
저 꽃들의 선방,
칠통을 깨부수고
환하구나,
적멸로 가는 저 길이 눈부시다.

대원사 계곡에서

맑은 물에 씻긴 돌맹이
그 얼굴 유난히 반들반들거리고
물소리는 연녹빛 잎새를 따라
주야창창 흐르네.
절로 가는 숲길이 어디인지
물소리 따라 깊은 골짜기로 난
오솔길 호젓이 접어드니
말갛게 씻긴 하늘 아래
목탁소리 은은하다.
마음마저 씻고 보니
고요 한 점,
물빛보다 푸르다.

보드가야에서

여섯 해 수행의 끝
홀연히 정각을 이루신
빛나는 성지,
대탑과 보리수 아래
새로운 부처가 되고자 들끓는 곳,
나도 그윽이 스며들어
가부좌하고 선정에 드네.
싯다르타가 걸어가신 옛길 따라
새 길을 내며 한동안
가슴 먹먹하게 오체투지하며
환희의 가타를 읊조리네.
아뇩다라 삼막 삼보리
고해를 건너
저 건너 언덕에다
깨달음의 배를 대네.

삭발

외진 암자에
도라지 꽃망울 터지는 날
산에 걸린 낮달
시퍼렇게 갈아
무명에 찌든
잡초를 베어내네.

출가의 뜻
오롯이 새겨도
홀로 늙어 병든 몸
한 물건 간직한 채
푸른 학
낮달을 타고
저승길 가네.

제2부

한 조각 구름

나의 길

하늘로 가지 않고
길도 가지 않고
나는 이제 죽어 한 줌 재가 되어
나를 여의고 긴 밤을 같이 걸었다.
나는 죽어서 별이 되었다.

산중일기

뜬구름 같은 세상 밖에 둥지를 틀고
깊은 산중에서 자유롭게 노니네.

솔바람은 저물 무렵에 더욱 고요하고
사립문은 하루 종일 닫혔어라.

처마가 짧아 달 마중은 걱정 없고
담장은 아주 낮아서 산이 다 보이네.

출격 장부의 뜻이야 누가 몰라주어도
풍경소리 쟁그랑, 내 마음을 깨우네.

한가로이 살며

날마다 하늘을 올려다보지만 부끄럽고
때때로 천둥 치는 소리 듣지만 두려울 뿐.
자연히 눈과 귀가 멀어 천치가 되나니
오직 부처님 음성 따라 담박함을 기르노라.

새해 아침

폭설이 내린 새벽
드문드문 새 발자국들 오솔길 따라
사경을 끝내고 암자 처마 아래
묵언 수행중이다.
제 깃털을 가다듬다 말고
고드름 툭!
떨어지는 소리에 죽비라도 맞은 양
화들짝 깨는구나.

염왕을 만나서

잔뜩 찌푸린 날씨,

밤새 천둥과 번개가 하늘을 찢는 밤,

산중 암자에 앉아 나를 바라보네

안으로 홀로 들어가 나를 만나보네

그윽이 바라보니

도올이로구나!

흉측한 사대와 오온으로 뭉쳐진

허깨비 한 놈,

하루살이야! 네 이놈 무엇이냐?

내놓아라!

당장 지금, 내놓아 보거라!

번갯불에 튀겨 죽일 놈,

당장 내놓을 물건 하나 없으니,

옛다, 이 해골이라도 가져가시게!

고개 절래절래 흔들고 염왕이 돌아가고 난 뒤

섬돌에 내려서 보니 낙엽 한 장,

빗물에 씻겨 물웅덩이에 말갛게 떠있네.

*도올(檮杌): 중국 신화에 등장하는 전설의 동물로 사흉 중 하나. 좌전에 의하면 전욱의 아들로 호랑이를 닮은 몸에 사람의 머리와 멧돼지의 송곳니와 긴 꼬리를 가지고 있다.

완도에서

쪽빛 물결 넘실대는
남쪽 바다에 오니 가을바람 소슬하다
맑게 씻은 눈썹 몇 오리
먼 섬에 떠돌다 속삭이네.

섬처럼 살게나,
그대, 오직 부처님 법에 의지하여
홀로 가라고.

시천에서

화살처럼 빠른 물살이라

옛사람은 지리산 능선 따라

천하의 과녁을 겨누었네.

중도

세상사 다 잊어버리고
출세간의 즐거움 한 자락,

오늘도 산새 한 마리
법음을 물고

저 건너 언덕으로
포로롱 날아가네.

유서

뿌리 없는
이 괴로움 어찌할까
죽어도 놓지 않는
지긋지긋한 집착이여,

연약한 뿌리가
흙을 움켜쥐는 힘으로
내가 허공을 만진다면

아주 느리지만,
흙이 허락한 만큼
한번 움켜쥐었다 놓아버리면

죽은 듯 살다가
웃으며 가라 하네.

해인사 들목에서

홍류동 초입에 무릎 다친 물살들

시퍼렇게 멍든 채 울음을 추스른다

대장경을 읽다 말고

시냇가에 발목을 담그고

정근 중이더니,

굽이치며 백팔번뇌 경책하다가

어느 날

무릎에 든 시퍼런 멍 풀어지고

비로소 삼매에 들었구나.

일과

해 뜨면 산꿩하고 놀고
해 지면 군불 피워 번뇌 활활 태우고
새벽에 잠 깨어 민머리 만져보다가
밤새 골바람 우는 소리 홀로 듣고 있네.
간밤에 내린 눈발, 추녀 밑에 소복한데
빗자루로 쓸다 말고 그만 두기로 하네.
하마 동장군 물러나 저 산 너머 가거든
무상한 바람 한 자락 죽은 듯 없는 듯
얼음장 밑에 졸졸거리는
봄 개울물 흐르는 소리,
마음속에 흐르는 한 소식인가
산꿩 울음에 화들짝 놀라네.

천왕봉 근처

고사목 비탈에 눈보라가 친다.
며칠 전 경전을 읽던 풀잎도 자고
헛바람만 잔뜩 두른 채
있는 힘을 다해 흔들고 있구나.

외로운 나날
흔들리는 생이여,
눈여겨보면 곧 죽어 없어질 것들
죽음은 언제나 지척에 있다.

절경

헛기침하느라

밤새 뜬 눈으로 새우고

비쩍 마른 동박새 한 마리

피안으로 날아가다가

한 오리 깃털로

슥슥 문지르고 나니

허공마저 지워졌구나.

미소

노승이 한마디

냅다 지르니 온통 육두문자로다.

천지간에 산,
허공에 바람 불러다
죽 줄지어 세워놓고

몽둥이질 한창,

동산의 방망이가 밥값하도다.

천왕봉에 올라

산중에 기대어 살아도
때로는 높은 봉우리에 오르고 싶을 때가 있지
그런 마음 헛헛한 날에 지리산으로 들어간다.

천왕봉에 올라가는 길,
칼바위 지나 법계사에 이르니
동박새 한 마리 석양에 물들어
온 몸이 발갛구나!

나도 저리 화엄에 물들고 싶다.
산에 깃들어 매일 번뇌를 씻고
산과 일체가 되어
화염이 되고 싶다.

참회의 기도

수미산 보다 높고
황하사 보다 헤아릴 수 없이 많은
죄업을 받아 이 땅에 몸 붙이고 살다 보니
살아가는 날이 더할수록
업장은 무거워 떨어낼 길 없구나!
참회진언 되뇌이며
포행을 하는데
돌 위에 앉은 구렁이가 혀를 내밀고
나를 빤히 쳐다보네

네 죄를 네가 알렷다!

섬뜩한 시선에 몸이 오그라들어
그 자리에 그냥 얼어버렸네
전생에 나는 무엇이었던가?
또아리 틀고 앉아 있는 못난 중이여,
하등 저 뱀보다 나을 게 없지

천하대장부의 호 짓기

요즘 가만히 생각해보니

스스로 너무 잘아진 것 같아

큰 병통이라 여기던 차,

한 마리 좀이나 비유하겠더니

일두(一蠹) 정여창 선생이 이미 옥호로 써버렸구나!

다시 곰곰 생각하니

머리가 모자라니 '석두(石頭)'라고 부르려니

왠지 뒷통수가 근질거리네.

옛다! 그만 두자, 암, 그래야지!

천치 바보가 되어 '좀'보다 작은 놈을 자전에서 찾느라

하룻밤 꼴딱 새우니

눈알이 핑핑 돌아도 기어이 찾아내니

책벌레 서두(書蠹)가 있구나.

하, 그럴 듯하구나.

먹물깨나 뛰어간 땡초 법호로는 과분도 할세.

껄껄껄

하하, 호호, 낄낄, 깔깔깔,
껄껄껄, 마음껏 파안대소하고 나니
하루해 긴긴날 일종식에 배가 등에 착 달라붙어
허기가 밀려오네.
다 쓰러져가는 공양간에 쪼그리고 앉아
주린 배를 달래느니
생쥐 한 마리 쪼르르 기어나와
눈치를 보는구나.
내 배부르면 그만인가
한 술 덜어 미물에게 헌공하니
서생원 부처님 흡족하신지
쥐 수염 걷어 올리며
무척 기특하게 여기시는갑다.
아! 나는 오늘 밥장사 한번 잘하였구나.
낄낄낄, 깔깔깔

침묵의 소란

고요도 시끄럽다
적막이 도무지 말이 되지 않아
저자거리에서 길을 헤맨다.
허공에 떠도는 소리들,
잠시 혓바닥이 오그라들고
온몸에 소름이 돋는다.

벌써 마음은 겨울이 깊다.
얼음장 밑으로 흐르는 봄의 숨소리,
만물이 깊은 잠을 깨는데
이놈은 아직도 잠꼬대 한창이라니
산속에서 밥만 축내고
정근 염불에 허기만 잔뜩,

들러붙은 뱃가죽에
구절양장 봇도랑물 소리
그래도 네가 가장 정직하구나!

허공경

푸른 하늘 맑은 눈썹
눈물 그렁한 날,

허물 벗은 매미
풀잎 위에 오롯이 앉아
삼매에 들었구나.

때맞추어
사마귀란 놈이 앞발을 치켜들고
찰라 간에 저 목숨을 노린다.

무릇 도처가 경계다

탑시

무상암
어디인가
지팡이 짚고
덕산동 골짝에 드니
시천 물빛에 노을 지는데
물새는 사람과 친해 피하지도 않고
물 그림자 스쳐 날아갔다 또다시 돌아오네

산에 살면서

산하와 마음을 비추는 달
그대와 나 둘 다 무상하구나
오늘 봄소식 비로소 얻고 나니
벚꽃 흩날리는 곳 따라
허공이 깨어져 나부끼네

한 조각 구름

꽁꽁 언 겨울 하늘가
한 철 무심하게 떠돌다가

어느 날 홀연히
암자의 빈 의자에 걸터앉아 쉬던
흰 구름 한 조각,

흔적 없이 사라지며
나더러 빙긋 웃으며 말하네.

자네도 슬슬 뒤따라오게.

한가로운 가운데 읊다

산중에 사는 즐거움 무엇이냐고
누가 나에게 묻는다면
그저 푼수처럼 씩 웃고 말지요.
흘러가는 구름이나 바라보다가
발밑에 고물대는 벌레나 쳐다보다가
한나절 그럭저럭 보낸다네.
부처님 발자취 따라
여기까지 온 걸 보면
참 무던하다 싶을 때가 있다오.
한 주먹 뜨락에 핀
달맞이꽃 마중하며
별 따라 증도가 한 자락 펼쳐놓으면
대장부 살림살이 이만하면
족하지 않은가.

허공경 2

이제 곰곰이 생각하니
찰나 간에 한 마리 자벌레처럼 살았더라.
광활한 우주에 티끌로 떠돌다가
허공 중에 사라지리니,
누가 마른 하늘에 푸른 벼락을 쏘아 올리나.
오직 허공에 딸꾹질 하는
암자의 풍경소리,
산새 한 마리 막 심경을 물고
저승으로 날아가네.

헛소리

허공에 뿌리가 있는지

다섯 무더기 이 한 몸,
누렇게 시든 잎을 들추고

산중에 홀로 가부좌 틀고 앉았더니
설산동자가 말하네.

내 살을 먹으라!

아, 덧없어라!
생멸조차 없느니.

숨쉬기

힘들구나
한 세상 몇 번이나
날숨과 들숨으로 끊어질 듯 이어졌던가
허공에 하품하니
숨길마저 헛헛하다
마지막 숨 끊어지니
맨 처음 고고성을 울리던
부모미생전,
태초의 울음소리
아! 지나온 길 온통 울음이었네

호접몽

꿈속에
난 오솔길 따라
한평생 걸어왔더니
지나온 흔적,
가엾기도 하구나.

산중에 홀로
부나비가 되어
그 꿈속 아방궁 들어 노닐다가
한순간,
참으로 길고 긴
한바탕 꿈을
꾸었네.

제3부

산에 살며

舊業

瞻彼吾身
虛空之岐
出家遊客
立錐無地

해묵은 살림살이

저기 내 몸을 바라보니
허공의 갈림길에 있구나.
집 떠나 떠도는 나그네
송곳 하나 꽂을 땅도 없네.

途傍空家下避雨

小檐寥落秋雨寒
百結衲衣捻未乾
借問月出山下路
晝月遙指白雲端

길가의 빈 집 처마 밑에서 비를 피하며

작은 처마에 싸늘한 가을비 내리니
누더기 승복이 온통 마른 데가 없구나.
월출산으로 내려가는 길을 물어보니
낮달이 멀리 흰 구름 끝을 가리키네.

獨立

出格高步出塵區
膠膝雲山二十秋
佛祖急呼今始覺
相忘獨照我牽牛

홀로 서서

격식을 벗고 발걸음 드높이 속세를 떠나
구름 낀 산속에 무릎 붙인 지 어언 스무 해.
불조께서 급히 부른 뜻을 이제야 알았으니
서로 잊고 홀로 비추어 나는 소를 끌어당기네.

*상망(相忘): 심우도(尋牛圖)에서 소도 사람도 실체가 없이 모두 공(空)
한 걸 깨닫다. 人牛俱忘.

臨終偈

莫道死生兩不中
本無生死豈不通
透過地獄生死門
殺人弓與活人弓

임종게

죽음과 삶을 말하지 말게, 둘 다 맞지 않네
본래 생사가 없는데 어찌 통하지 않으랴.
지옥의 생사문을 뚫고 지나가니
사람을 죽이는 활이자 사람을 살리는 활이로다.

別上人

莫論對離合
吾身無去來
誰知於大道
宇宙一浮埃

스님과 이별하며

헤어짐과 만남에 대해 따지지 말게
내 몸에는 가고 옴이 없으니라.
큰 도에서 본다면 누가 알겠는가
이 우주도 떠도는 한 점 티끌인 걸.

閑中吟

山中看山看不足
望海聽水聽無厭
自然無境皆清快
聲色無別好養恬

한가한 중에 읊다

산중에서 산을 보지만 보아도 부족하고
바다를 바라보며 물소리 듣지만 들어도 싫지 않네.
자연이 경계가 없으니 모두 맑아 상쾌하고
소리와 빛은 구별 없어 고요함 기르기 좋아라.

山居

自性好幽獨
栖遲寄翠微
歲月雙雪鬢
所有一霞衣

산에 살며

자성이 그윽이 홀로 있길 좋아하니
푸른 산에 기대어 게을리 살아간다네.
세월 속에 눈처럼 흰 머리칼 날리고
가진 건 오직 한 벌 노을의 옷뿐이네.

山居 2

問吾何事栖德山
笑而默默幽自閑
花開流水本來去
別有壺裏非人間

산에 살며 2

내게 무슨 일로 덕산에 사느냐 묻는다면
빙그레 웃을 뿐 아무 말 없이 그윽이 한가롭네.
흐르는 물에 꽃 피어 본래 가고 오나니
호리병 속에 별다른 인간 세상이라네.

山路

久雨終止蒼天陰
雲帶天王下山林
一豆飯以交友情
森林放下草綠心

산 길

마침내 장마 그치자 푸른 하늘 축축한데
구름은 천왕봉 둘렀다가 숲으로 내려오네.
밥 한 그릇으로 우정을 나누고
숲속 아래 푸릇한 풀의 마음 내려놓네.

山水

山本無空色
水元本回歸
人間唯去來
只心何處留
青山近白雲
白雲離青山
青山本不動
白雲無之處

산수

산은 본래 공색이 없고
물은 원래 근본으로 돌아가네.
인간이 오직 가고 오가는데
다만 마음은 어느 곳에 머무는지.
푸른 산에 흰 구름 가까이 있다가
흰 구름은 푸른 산을 떠나고 마네.
푸른 산은 본래 움직이지 않고
흰 구름은 정처가 없다네.

示門徒

坐岩學固水學淸
對松思靑月思明
一介糞屎皆吾師
雖獨山中主伴成

문도에게 보이다

바위에 앉아 굳셈을 배우고 물에서 맑음을 배우며
소나무 보며 푸름을 생각하고 달에서 밝음을 생각하네.
한갓 똥오줌도 모두 나의 스승이니
산중에 홀로 살아도 주인과 손님이 되는구나.

是誰我

乞食野僧兮
浮雲如浮萍
一衣兮避寒暑
一鉢兮度昏曉
憨愚痴兮
千醜百拙
予誰之似兮
栖芦倦鳥

나는 누구냐

밥을 비는 시골 중이여,
부평초와 같은 뜬 구름 신세로다.
옷 한 벌로 추위와 더위를 피하고
바리때 하나로 아침저녁 보내노라.
멍청하고 어리석으며
아주 추하고 졸렬하기 그지없네.
이 내 몸 무엇과 비슷할까
갈대에 둥지 튼 지친 새로다.

我愛佛吟

畫夜抱佛眠
如妓還共起
吟風弄相隨
靑山同居止

내가 부처님을 사랑하여 읊다

밤낮으로 부처를 안고 자고
마치 기생과 함께 일어나듯 하네.
풍월을 희롱하며 늘 따르다가
청산에서 같이 살며 그치노라.

野僧絶食以救飢

愚搦三寸管
急寄五言詩
同病各抱疢
咫尺只夢思
今年錐無地
文字不救飢
回頭一夕凋
無常生新悲

시골 중이 양식이 떨어져 배고픔을 구하며

어리석은 몸이 세 치 붓을 잡고
급하게 오언시를 보냅니다.
같이 병들어 각자 앓는 신세
지척에 있으면서 다만 꿈에 그리워할 뿐.
올해는 송곳 꽂을 땅도 없고
문자로는 배고픔을 면키도 어렵다오.
하룻저녁 저무는 걸 돌아다보니
무상하여 새삼스레 슬픔을 느낀다네.

與睡魔

窓外玲瓏山翠
林樹一鶯時至
閒臥北窓邊
到晚鐘鳴猶睡
慚愧慚愧
狂走俗世腐利

수마에게 주다

창 밖에는 푸른 산 빛 영롱하고
수풀 속에는 꾀꼬리가 수시로 찾아드네.
북쪽 창가에 한가롭게 누워서
늦은 종소리가 울리도록 졸고 있다네.
부끄럽고 부끄럽구나.
속세의 썩은 잇속 미친 듯 따르다니

旅人宿有感

宇宙畿內旅人宿
吾也一埃浮萍人
獨步行脚思無親
塵俗浮雲已寂貧
牢落天地一旅人
十年尋劍困風塵
嗟我愁鬱長爲客
修禪幽玄更送晨
一樹殘花無道岐
滿目芳草映江津
詩情今留風光盡
隨處狂吟便有神

여인숙에서 느낌이 있어

우주란 땅의 경계 안에 여인숙이 있는데
나는 한 점 티끌로 부평초 같은 사람이라네.
홀로 걸어서 행각하니 친한 사람은 없고
티끌 속세는 뜬 구름처럼 쓸쓸하고 가난하네.
천지간에 쓸쓸한 하나의 길손
검을 찾아 풍진 속에 시달린 십년 세월.
아, 나 쓸쓸히 울적하니 오랜 나그네 신세
선방에서 그윽이 수행하느라 또 새벽을 보내네.
길 없는 갈림길에 피다 남은 꽃가지
눈 가득 향기로운 풀은 강나루를 비쳐주네.
풍광은 다했지만 시정은 지금도 남아
가는 곳마다 신명 나서 미친 듯이 읊노라.

贈圓鏡法友

數年相從
情意新篤
吾今已衰
實爲孤寂
異日願師須成佛
爲我須起無縫塔

원경법우에게 주다

여러 해 서로 따르며 지내니
정다운 뜻이야 새로이 돈독해졌소이다.
나는 지금 이미 여위어서
진실로 외롭고 적막하다오.
다른 날 그대는 반드시 성불하여
나를 위해 반드시 무봉탑을 세워 주오.

贈我呼主人禪光

年年相交
修心日篤
吾今已懶
無功孤寂
異日只願須入滅
爲我不起無縫塔

주인공 선광아, 하고 부르며 나에게 주다

해마다 서로 사귀며
마음 수행은 날마다 돈독하였지.
나는 지금 이미 게을러져서
공은 없이 외롭고 적막하구나.
언젠가 반드시 입멸하길 바랄 뿐
나를 위해 무봉탑일랑 세우지 마오.

吟南海

錦山上爲水上仙
南溟千里靑蓮天
大鵬小擊北溟間
一隻龍眼次第遷

남해를 읊다

금산 꼭대기 위에 물 위의 신선이 되니
남쪽 바다 천 리가 푸른 연꽃, 하늘에 닿았네.
큰 붕새 작은 날갯짓에 북쪽 바닷물이 요동치니
한 마리 용의 눈이 차례로 옮겨가는구나.

제4부

나고 죽고

訪幽人不遇

水過矢川渡
山尋幽人居
扉空人不見
只有一床書

은자를 방문했지만 만나지 못하고

시천의 물 길을 건너서
산 속에 은자가 사는 집을 찾아갔더니.
텅 빈 문짝에 사람은 보이지 않고
책상 위에 책 한 권만 달랑.

偶書

十載依德山
糞掃衣木食
一錫向西飛
空踪何處覓

우연히 쓰다

십 년을 덕산에 살면서
누더기 걸치고 나무 열매 먹었노라.
한 지팡이 날려 서쪽으로 가려고 하니
공한 자취를 어디에서 찾으리.

偶吟

終日默默坐
乾坤閉塞中
無人迹草堂
親明月清風

우연히 읊다

종일 아무 말 없이 앉아 있자니
온 천지가 꽉 막혀 있도다.
오두막은 인적마저 끊기었는데
밝은 달, 맑은 바람과 친하였구나.

贈無名禪師

年年從遊
情意信篤
吾今已衰
實爲孤寂
他日願師須成佛
爲我須起無縫塔

이름 없는 선승에게 주다

해마다 서로 따르며 노닐었고
정의는 진실로 돈독해졌다오.
나는 지금 이미 쇠하여
진실로 외롭고 적막하다오.
어느 날 그대는 반드시 부처를 이루어
나를 위해 반드시 무봉탑을 세워주오.

德山洞

雨後花滿發
山色畫難如
詩興飜胸襟
微笑縮不舒

덕산동

비 온 뒤에 꽃이 활짝 피어나니
산 빛이 그림보다 어여쁘구나.
시의 흥취가 가슴 속에 넘실대니
옅은 웃음기 찌푸리고 펴지 못하네.

自挽詞

生於吾同死吾同
獨泣飛雪洒涕終
世上誰悲今日事
平生一回揔虛空

스스로를 애도하는 글

나와 같이 나서 나와 같이 죽으니
날리는 눈발에 홀로 울다 눈물 그치노라.
세상 그 누가 오늘 일을 슬퍼할까
평생에 한 번, 모두가 허공이로다.

自負

骸骨通掛虛空
不管酷冬北風
無事泰平般若
家風奇高海東

자부하여

온 해골이 허공을 통하여 꿰뚫으니
혹독한 겨울이라도 북풍을 가리지 않네.
일없이 아주 태평하노니 반야인데
가풍은 해동에서 기이하게 높도다.

正月元旦 戲贈山人

我於俗世遇王春
只覺年來老衰身
深谷歲月遍馬走
如何高堂雪眉人

정월 설날, 스님에게 희롱 삼아 주다

내가 속세에서 설날을 만났으니
근년에 몸이 늙어 쇠한 걸 깨달을 뿐.
깊은 산에 세월은 주마등 같은데
그대는 어이해 눈썹이 눈처럼 하얀지.

一片雲合散有感

老僧迷前路
鳥聲失舊林
飄風吹拾去
忽爾露碧岑

한 조각 구름이
모였다 흩어짐을 보고 느껴

늙은 중은 가는 길 찾지 못하고
새 소리는 옛 숲을 잃었구나.
회오리바람이 불어 구름이 흩어지니
문득 푸른 봉우리가 드러났도다.

次客嘲無相堂韻

吾堂號無相
不獨愛金尊
外離一切相
名爲無相門

무상당을 조롱하는
나그네 시에 차운하여

내 당호는 무상인데
단지 무상 김존자를 좋아하는 것이 아니지.
마음 밖에 일체의 상을 여의니
이름하여 상 없는 집이로다.

*김존(金尊): 정중종을 개창한 무상 김존자. 중국 당나라에 들어가 두
타행을 하여 오백나한에 들었고, 신라승 '무상김화상'이라 칭하였다.

初傳法輪地

獨尊獨步行

六百里原野

赤腳聖者兮

獅子吼吐後

傳鹿王故事

看法眼寶塔

鹿野苑雁塔中

施說放棄兩路

猶只順從中道

彷彿晚霞血色

廣匝睏倦遊客

只爲眾生饒益

佛來到這穢塵土

至聖法音滿今天

成了朦朧回聲響

越娑婆渡向彼岸

초전법륜지

홀로 존귀하여
육백 리 되는 들판을
걸어오신 맨발의 성자,
사자후 토하며
사슴 왕 이야기가 전하니
법안의 보탑을 보아라.
녹야원 대안탑 가운데 설하시니
오직 두 길을 버리고 중도를 따르라 하네.
저문 노을은 핏빛인 듯
지친 나그네를 두루 에워싸네.
오직 중생을 이롭게 하기 위해
부처님께서 이 더러운 땅에 오셨네.
지극히 성스러운 법음이 오늘도 가득
아련한 소리가 되어 울리니
사바세계 너머 피안으로 건너가네.

秋晚遊大願寺谷賞楓

千峯方丈寒雲飛
立冬遊客弄翠微
流水亦知長廣舌
一去紅葉泛同歸

늦가을 대원사 골짜기에 노닐며
단풍을 즐기다

방장산에 천 봉우리 솟아 찬 구름 나는데
입동에 노니는 나그네가 푸른 산 희롱하네.
흐르는 물도 부처님 장광설을 아는지
한꺼번에 진 붉은 단풍이 물에 떠서 돌아가네.

秋夜

夜氣寒生砌
蛩聲促客愁
默默坐不寐
糞掃又逢秋

가을밤

밤 기운은 섬돌에 차가운데
나그네 시름 재촉하는 귀뚜라미 소리.
말없이 앉아 잠들지 못하는데
누더기 걸치고 가을 또 맞이하노라.

出家

春風一出家
花似有交情
呼鳥臨溪上
山淸人亦淸

출가

봄 바람에 집을 나서서 보니
꽃들도 사귀는 정이 있는 듯하네.
새를 불러 시냇가에 다다랐는데
산이 맑으니 사람 또한 맑도다.

生死

何處問生滅
萬變如浮雲
無適唯一心
生平說淸貧

나고 죽고

어디에서 생사를 물으랴
만물은 뜬구름 같이 변하는구나.
흩어지지 않는 것은 오직 한 마음뿐
평생 동안 청빈을 말하노라.

無慾

無求願所忌
有恥靦吾顔
微笑必難及
方丈唯登攀
周遊出世情
虛老我生間
願矯白牛角
荒心歲欲蘭

욕심이 없어

구하는 게 없어 원하는 걸 꺼리고
부끄러움 있어도 내 얼굴은 뻔뻔하구나.
깨달음의 경지는 반드시 말하기 어려워
오직 방장산을 오를 뿐이네.
세상인심 벗어나 두루 놀았는데
내 살아온 세월이 헛되이 늙었구나.
흰 소의 뿔을 바룰 걸 원하는데
거친 마음에 올해도 저물어만 가네.

春日

雪盡陽丘日
春廻矢川南
草頭看祖意
徒步遊蓮潭
牧牛歌滿谷
老僧咎多慚
草庵風欲暖
華嚴燈下貪

봄날

양지바른 언덕에 눈이 다 녹고
시천 남쪽에는 봄이 돌아왔구나.
풀대 끝에는 조사의 뜻을 보는데
연꽃 피는 못에 거닐며 노닐고 있네.
소를 모는 노래는 골짜기에 가득한데
늙은 중은 허물 많아 부끄럽게 여기네.
초암에 바람이 따스해져 가니
등불 아래 화엄경을 더듬어 찾네.

梅雨

道伴獨山房
終日唯對嶽
忙閑頓二跡
梅花空我落

매화 비

도반은 홀로 산방에 있는데
종일토록 오직 산만 바라보고 있네.
바쁘고 한가롭게 두 자취에 머무르니
매화는 부질없이 다 내게 떨어지는구나.

行脚

困行過長途
細徑通雪竹
不覺濕糞衣
鶴飛凍氷適

행각

지쳐 걸으며 오래 길을 가노니
눈 덮인 대숲에 난 오솔길을 지나가네.
누더기 옷이 젖는 줄 모르는데
학이 날며 언 얼음 방울을 떨구네.

題草庵

蘭若宜吾掘
坐禪到夕陰
杜鵑啼幽谷
忽覺卜居深

초암에 제하여

옹졸한 나에게 알맞은 암자인데
앉아서 선정에 들어 저녁을 기다리네.
그윽한 골짜기에 우는 두견새 소리
깊은 곳에 산다는 걸 홀연히 깨닫네.

발문

헛소리로 지금 나는
망령된 마음으로 세상을 어지럽히고

무상한 세월에
중노릇 제대로 못한 채
부처님의 바른 가르침을 훼손하니
그 허물이 헤아릴 수 없이 크다.

죽도록 행자 노릇이나 똑바로 했으면,
쯧, 쯧, 쯧,
참회하고 참회한다.

지리산 무상암에서
비구 선광(禪光)

빈 배에 달빛 싣고

선광스님 지음

발 행 처 · 도서출판 청어
발 행 인 · 이영철
영   업 · 이동호
홍   보 · 천성래
기   획 · 남기환
편   집 · 방세화
디 자 인 · 이수빈 | 김영은
제작이사 · 공병한
인   쇄 · 두리터

등   록 · 1999년 5월 3일
(제321-3210000251001999000063호.)

1판 1쇄 발행 · 2022년 11월 30일

주소 · 서울특별시 서초구 남부순환로 364길 8-15 동일빌딩 2층
대표전화 · 02-586-0477
팩시밀리 · 0303-0942-0478

홈페이지 · www.chungeobook.com
E-mail · ppi20@hanmail.net
ISBN · 979-11-6855-089-6(03810)